나의 연가

나의 연가

이봉섭 시집

소울앤북

시인의 말

귀촌해 시를 쓰면서 동심의 세계로 돌아가
보고 느끼고 한 것을 옮기다 보니
두 번째 시집을 내놓게 되었습니다.
농부로 살아가면서 접할 수 있는 모든 것들을
표현할 수 있어서 너무 좋았습니다
가슴이 시키는 대로 했습니다.
부족함이 많더라도 가벼운 마음으로
읽어 주시길 바라며
모든 분께 행복이 함께 하시길 빕니다.

2024년 겨울
이봉섭

차 례

제2부

제1부

나의 연가

기지개를 켜며 화합하는 초목들이
기다림 속의 세월을 뚫고 침묵을 깨며
꽃잎처럼 사랑이라는 이름으로 나오네요
네 품에 안겨 있으려니 마음 포근합니다

시간이 흘러서 그때도 함께였으면
내 눈빛 속에 사랑을 담아서
사랑의 징검다리를 놓아 줄게요
허공에 당신 얼굴을 그려 봅니다

꽃 한 송이 그대 창가에 올려 줄게요
조약돌처럼 나의 사랑을 놓고 갈게요
내 사랑으로 널 예쁘게 꾸며서
나의 사랑 살며시 얹어 놓고 갑니다

눈꽃

네가 오는 하늘을 보며
너에게 줄 선물을 생각한다
그 무엇에도 때 묻지 않음에
순수함에 빠져 널 보고 있다

빛나는 네가 내 옆에 있음에
나는 오늘 행복에 취해 있다
설레는 마음으로 네 곁에 있다
햇빛에 반사된 네 모습 그 무엇과 비교하랴

이렇게 보고 있음에 행복이 넘치는데
설령 빛바램으로 남아 있는다 해도
맑고 희고 순수함으로 빛나기를
내가 네 옆에 있는 것처럼

봄비

하늘이 젖었으니 땅도 젖겠구나
내 뻗은 손 잡고 내리거라
회색빛으로 하늘을 가리고 있구나

너의 물 한 모금이 필요해
사랑의 목마름처럼 경쟁하듯
널 기다리고 있어

내가 너라면 비구름 몰고 다니며
구석구석 내려 줄 텐데 맘껏 내려라
내 마음의 움츠림도 펴줄 수 있겠지

네가 행복해하는 모습 보고
내 미소가 담길 텐데 모두에게 주거라
널 보는 내 맘 가득 시원하게 뿌려 주렴

내 마음의 별을 찾아요

별을 찾아봐요 하나 둘 셋
가슴으로 느낄 수 있는 설렘으로
날 바라보는 별들이 많지만
내 맘 알려줄 별은 어디에 있을까

가까이에 있는 별들은
제 몸 자랑하듯 뽐내지만
내 맘 알아줄 별은 따로 있겠지
그 별 알아줄 사람 따로 있겠지

그 별 따다 그대에게 주고 싶지만
그대가 못 찾을까 봐
헤매지 마요 그대 가까이 있으니
찾아줄 수 있지만 그대가 찾아요

빛나지 않지만 그대를 보고 있네요
드넓은 하늘 아래 있을 것인데

가까이 다가가 찾아보아요
그대를 향해 비추고 있으니까요

목련 피다

겨우내 감추고 있다가
그 아름다움을 보이기 위해
잎 속에 가려지기 싫어서
솟아올랐나

뭐가 그리 급해 힘주어 올라왔니
나 왔다 그리 알리고 싶었는지
예쁜 모습 가슴에 담으라는 듯
눈을 떼지 못하고 있네

겨우내 닫혀있던
네 모습이 보이기 싫었는지
보란 듯 자랑하듯 피었구나
이제 다가가 마중한다

누구를 위해 준비한 거니
그 예쁜 꽃잎이 떨어질세라

너의 모습을 가슴에 담으려고
두 손 모아 받쳐 들고 있다

봄맞이

향긋한 봄 내음이 내게 오고 있네
나만 쫓아 오지 말라 밀쳐 보지만
다가오지 말라 손 저어 보지만
코끝에 와 있는 널 외면할 수가 없구나

초록 색동저고리처럼 펼쳐질 너의 장난에
아지랑이 피어오르듯 그 속에서 헤매고 있다
맞이하고 싶은 나의 소중한 친구인데
너의 다가옴에 한껏 부풀어 있구나

널 기다림이 날 이렇게 만들고
오지 말라 해도 나의 코끝으로 들어와
내 맘 네 맘을 허공에 날리는구나
내 맘 알았으니 마중해도 되겠니?

그리워요

내 가슴에 비 내리는 날이면
옛 추억이 묻힌 곳을 찾아
둘러보아도 쓸쓸한 뒷모습뿐

어찌하랴 어찌하랴
지워지지 말아야 함에
불러라도 보았으면

이제 그대 향기를
내 가슴에 담아야 할 텐데
한발 다가가면 멀어져 감은

내 마음에 상처가 생길까 봐
부르지 못하는 것이 내 사랑인데
물안개 사이라도 좋아요
그댈 볼 수 있다면

세월

바람 햇살 그리고 미소
바람결에 마음 실려 보내듯
가는 너를 막을 수 없고
하늘만 올려다보누나

풀섶에서 난 그렇게 서 있다
가는 세월아
내 등 뒤에 서 있지 마라
뒷모습은 너에게 보이고 싶지 않아
마음이 비처럼 가라앉네요

눈물도 그렇게 물들어 감이 아파 와
세월에 흠뻑 젖고 사는 건 아닌지
멈추어라 멈추어라 내 눈물이여
지나간 세월도 내 것이었다고

아니야 아니야 보지 마라

세월의 흐름에 들키고 싶지 않아
바람 불어 떨어진 줄 알았더니
세월이었구나

바램

들판에 바람을 불어 주세요
황금빛으로 바꾸어 주시고
삶을 아프게 하지 말아 주세요

사랑 없이 산 사람도
공평하게 나누어 주어
생각도 함께 여물어 가게 해 주세요

인생이 슬픔뿐이 아닌 가벼운 구름으로
사랑의 속삭임을 가슴에 주시고
아름다운 사랑으로 살게 해 주세요

사랑하기 좋은 계절
마음이 풍요로운 계절
기쁨이 있는 사랑으로 그대와 함께하니
바람에 실려 보내듯 행복을 주세요

가을 길

화려함도 조금씩 조금씩 내 곁을 떠날 즈음
바람을 따라 걷다 보니
내 마음에 허전함도 동행길 하자 하네

내 맘속에 낙엽이 소복소복 쌓인 것처럼
살랑살랑 불어오는 바람이
어느새 내 맘속에 공허함으로 만들고

두 손 꼭 잡고 낙엽 밟으며 걷고 싶음은
가슴에 품어온 소망들이
익숙함에 버릇처럼 생긴 걸까

잠시 머무르지 말고 흔적 없이 사라지지 말고
마음껏 사랑할 수 있는 사람으로
내 마음의 문신이 되어 있어 주길

빈자리

이슬 한 잔에 외로워해 봤나요
달빛에 비친 한 잔의 술빛이
나의 마음을 녹아내리네요.

한 잔 두 잔 석 잔
비워 갈 때마다 보고픔이 쌓이는 건
아마도 그리움 때문이겠죠

세상의 모든 짐 지고 가려나
한두 잔 술에 마음 달래며
그리움을 달래 봅니다

가로등 불빛이 희미해질 때까지
촉촉이 가슴 적시며 잔을 기울여 봅니다
보고픈 그 사람을 위하여

사월의 향기

늘 그 자리에 있었는데
날 찾아오는 그가 있었네
마음 짠하게 바라보는 이들을 위해
따사로운 햇살이 힘을 주었나 보다

그렇게 뭉친 속 풀어내듯
품속에 그렇게 간직했나 보다
헤집고 나와 보니 뭐가 보이니
미소 행복 그리고 즐거움

그래 그렇게 생각해 주면
너로 인해 하늘을 날고 싶지
너로 인해 축제로 만든 사월
내 마음이 찾아가면 보듬어 주거라

눈꽃

두 손 가득 주워 들고 행복 마중하려니
별빛 옆에 내 맘 네 맘같이 가져오련다.
나의 마음이 너를 지켜줄 수 있을까
누구일까 설렘 가득한데

밤사이 솜이불 같았던 눈
맑은 네가 어디에도 물들지 않기를
변하지 않은 나의 마음 너를 벗 삼아
여러 마음들의 뜨거움을 토해낸다

잡아볼까 만져볼까 뭉쳐 볼까
내 맘 미리 알고 손잡아 주면
별빛 달빛 내리니 그렇게 빛나거라
내 맘은 늘 그렇게 눈꽃만 같아라

땅속에서 솟아라

찬 바람아 불어 봐라
난 기다리는 너 가 있어 외롭지 않다
햇볕의 따스함이 너무 좋다

그림자가 짧으니
너를 그리는 그림자도 짧아지는구나
나풀나풀 그리움이 펼쳐온다

아주 작은 몸짓 맘 짓
내 작은 손 잡고 나오거라
보아주고 헤아려 주고 반겨 주련다

아장아장 나오거라
땅끝에서 올라오는 너를 주우러 가려니
머물지 말고 나에게로 오너라

지우개

내 마음에 낙서를 남겨야겠네
가슴에 깊은 호수가 생기기 전에
뒤돌아보지 않을 듯 등 돌려 보지만
물 잔뜩 먹은 스펀지처럼 내 맘이 무겁다

네가 빌려준 너의 마음이 컸나 보다
이별 하나만으로도 슬픔이기에
그리워하는 지금 가슴을 비우듯 보내 주고
그냥 흘러가는 구름처럼 살라 하네

내 마음에 비가 오거든 멈추지 마라
비와 함께 늙어가는 모습들조차도
문득문득 떠올려지는 기억들을 버리려
더 이상의 어려움이 없도록 지워야 해
지울 지우개가 나에겐 없으니…

나의 봄

초록 잎들도 목마른 목을 채우고
이슬이 햇살에 입맞춤하고 있다
바람 따라 흩날리듯 꽃비가 내리고
흔들림에 내 마음 깊은 곳까지 꽃이 핀다

햇살 한 줌 받아 커피잔에 담아 넣고
꽃잎이 놓아주는 징검다리를 건너
자연을 벗 삼아 오솔길 걷노라니
나의 소중한 것들이 다가오고 있네

꽃들이 바쁘게 이사 가던 날
새들의 노랫소리가 하루를 응원하고
봄꽃을 틔우며 벌과 나비를 불러주니
그댄 하나밖에 없는 나의 존재입니다

영산홍

난 벌거숭이로 피어오르잖아
빨간 입술 그려 넣어 봐
분홍빛 얼굴 수줍음 가득가득
하얀 피부 네가 나에게 준 선물
이게 나야 확인해 봐 다 줄게

내 자태를 한껏 뽐내고 준비할게
날 바라보는 시선이 너무 따가워
눈에 넣어도 돼 네가 보관해 줘
나의 화사함에 취해도 돼
내 마음의 향기까지

넌 그냥 잠시 기다려봐 내 모습 떠날 때면
눈과 마음에 내 모습 그려져 있나 확인해 보고
내 자리를 나의 잎으로 내보내 줄 테니
살랑살랑 간드러지게 뒤따라 가면 돼
봄 향기 포근한 꽃 너울 아래로

너에게 나의 존재는

바람이 지워야 할 당신 생각에
누군가의 기억 속에 남아 있다는 것
내 안에 담아두고 싶은 마음이기에
기억 위로 세월이 덮이면 추억이 될까

사랑은 늘 아쉬움이 남아 있기에
언젠간 흘러간 빛으로 변하겠지
그림자마저 점점 짧아져 가기에
때로는 잃지 않고 기억할 수 있기를

훗날 어둠이 조용히 내려앉을 때
내 사연도 너의 가슴에 피어나기를
나의 시린 마음 무엇으로 느끼고 있을까
너는 나를 하나밖에 없는 존재로 남았을까

봄비가 내리네

메마른 가슴에 살짝 노크를 하며
이제사 너를 세상에 보내니 깨어라
당신의 메마른 가슴을 적셔 주고 싶어서
네가 오기를 숨죽이며 기다렸다

한 방울의 물이 필요해 하늘을 쳐다보며
겨우 네 짓눌렸던 목마름을 알고나 있는지
엄마 곁에서 잠자고 있는 아기 깨울까
무채색 구름 되어 하염없이 내립니다.

돌 같은 내 가슴에 구슬이 구르듯
새소리 바람 소리 함께 동무하여
잠들어 깨우지 못한 나의 가슴에
조용히 내 마음을 적시고 있네요
봄비는 그렇게 모든 이들을 깨우고 있네요

흰싸리꽃

오가는 이들을 불러 세우고
뿌옇던 마음을 하얗게 만들고
하얀 자태 뽐내며 나를 보라 손짓한다
너의 발걸음 무겁거든 잠시 쉬어 가라며

달빛 받아 흰 꽃 자랑하고
별빛 받아 흰 꽃 자랑하고
가로등조차 너와 함께하는구나
물감을 칠해 봐도 네 모습 어림없다

사랑하는 이와 다투었거든
두 손 꼭 잡고 나를 찾아오면
내 너의 마음속에서 사랑을 줄 테니
바람 불어 흔들려도 예쁘구나

내 마음을 모아 모아

수줍던 우리 이야기들을 모아 모아서
예쁜 도화지에 내 마음을 그려 넣어
매일 바라보는 그대 앞에 서서
늘 여린 가슴에 가득 채워지기를

가끔씩 오가는 그 길에 남아 있어 줘
저 멀리 웃고 있는 빛을 따라가서
꾸밈없이 사랑을 만들어 가리라
당신이 내 가슴을 안아 줄 때까지
행복이란 그릇에 담아 보려 해요

나를 생각하며 지내는 시간보다
나의 기억 속에 존재한다는 것이
너 아니면 안 된다고 외치고 싶어
난 그만 내 영혼을 내어주고 말았지
나에게 작은 행복이 자주 일어나기를 바라며

내 마음의 빈자리

비워진 듯 공허한 풍경 속으로
난 그 시간에 잠들고 있었는데
두 눈에 고여 든 널 향한 그리움
내 맘속에 네가 있었으니

세월이 흘러도 사라지지 않은 별처럼
당신 마음을 채워줄 수 없기에
사랑의 그림이 완성되지 않았지만
당신에게 마음의 꽃 한 송이 보내요

그리움을 언제나 가슴에 움켜쥔 채
떠내려가는 아픈 기억 들조차도
이렇게 당신 바라볼 수 있음에
내 눈에 그대는 꽃으로 간직되었어요

제2부

그림자 사랑

알 수 없는 먼 곳에서 와
서로 숨결이 닿은 거리에 서서
그대 뒤를 걷는 그림자가 되어
자꾸 생각나는 사람이 그대라는 걸

오랜 일기장이 추억으로 저물어 가고
네가 아파하는 모습이 보여
그대 사랑이 쓰라린 슬픔으로
나의 기억 속에 존재하고 있다는 것이

잠시 멍하니 있는 시간
눈물이 날 가르쳐 주었지
내 사랑은 왜 홀로 서 있는지
나의 사랑은 까마득히 모르고 있구나
결국 나만 그러했던 건 아닌지

잊어 버렸던 나

너와 나 어디쯤 있을까
내 발걸음 멈춰 서게 한 그대가
나를 향해 한 걸음씩 걸어왔으면
내게 오는 중이었으면 좋겠다

시간은 벌써 나를 여기로 데려와
추억 속에 가슴에 묻어 둔 사랑 찾아
나로 인해 마음이 맑고 고요해지면
바라보는 사랑이라도 난 괜찮아

소리 없이 웃는 모습에 마음이 들뜨고
내 마음을 곱게 담을 수 있다면
날 찾아 주고 기다려 주는 시간이었다면
그대 생각하는 시간이 많아졌으면 좋으련만
그동안 잊어 버렸던 나를 만나고 싶다

꽃 놀이터

꽃잎이 쌓인 줄 모르나 봐
내 주위엔 온통 너뿐인 걸
잠시 전부인 것처럼 보였는데
떠나갔던 이들이 돌아와 좋다

흐트러진 머릿속 정리가 안 돼도
꽃잎이 손짓을 하면 가슴이 뛴다
정이 메말라 사랑이 그리운 사람에게
지금보다 더 많이 사랑할 수 있었으면

그대 가슴에 꽃으로 피어나고 싶다
양쪽 길가엔 연인들의 사랑의 놀이터로
순서 없이 향기에 취해 버렸네
당신 어깨에 내 머리를 얹은 어느 날
보일 듯 보일 듯 수줍음이 있어 좋다

꽃망울 터지는 소리

외롭고 긴 기다림 끝에
살짝 내민 그대 미소에
겨우내 무엇을 속삭였기에
어여쁜 네가 내 맘속에 들어왔는지

너의 따뜻한 움직임 하나가
피어난 꽃술에 활짝 웃는다
신선한 바람에 살을 비비며
지금이 너의 전부인 것처럼
아직도 가슴에 숨 쉬고 있는 사랑

넘치는 찻잔을 사이에 두고
다투어 예쁜 얼굴 내미는데
이 봄 까닭 없이 그리워지는 건
꽃망울 터지는 소리에 가슴 설레며
거닐어 보고 싶은 그대는 어디 있나요

그대 떠난 자리

이른 선잠으로 눈 비비고
내 안에 그대를 불러 보았는데
늘 나의 뒤에서 바라만 보고
그대 향한 내 마음 갈 곳을 잊어 버리고

외로움은 내 맘속에 찬바람 불고
한쪽을 비워준 빈자리를 찾아
잠시 머물며 쉬어 갈 수 있다면
그건 그대를 향한 간절한 몸짓

나의 답답한 마음 움켜쥐고서
내 탓이다 고민했던 시간들마저
여울져 내리는 그대 얼굴이 떠올라
그리워할 수 있음에 마음 아프다

그대 마음에 내 마음 심을래요

시선이 머무는 곳에 고정해 놓고
꽃처럼 향기를 남기고 간 사람을
순간순간 조금씩 더하고 빼가며
갈라졌던 마음을 하나로 만들고

수줍던 보조개마저 내 마음에 자리 잡고
그 웃음이 나의 행복이 될 수 있듯이
그리움을 가슴속 화단에 묻어 두고
내가 사랑할 수 있음에 감사하며

그대의 음성이 내 마음속에 메아리칠 때
너의 등을 토닥여 줄 수 있다면
햇살 반짝거림에 마음에 창을 열고
그대의 마음 밭에 내 마음 심을래요

목련이 피면

긴 잠 숨죽이며 버틴 시간
하늘 향해 활짝 벌렸으니
모두 날 보러 오라 하네
난 그만큼 고귀해

사랑하는 사람 있거들랑
내 봉오리에 입맞춤해 봐
봉오리에 내 맘 내 사랑 넣어놨어
하늘 향해 널 오라 손짓하잖아

너의 웃는 얼굴로 코를 대어 봐
짧은 시간 망설이면 안 돼
하고 싶은 말 있으면 내게 말해 봐
난 금방 너의 곁을 떠날지 몰라
나 역시 섭섭해 울고 싶어

그대 향한 내 마음

내 마음에 풍경 같은 사람
가지 흔드는 새소리 가득해도
내 안에 피운 꽃을 가슴에 담을래요
간절한 그리움 때문에

말하지 않아도 알아요
내 안에 스며들어 향기가 나는 것을
내 눈에 내 가슴에 담고 담아
그대를 안아주는 사람이 될래요

그대의 모습을 내 맘에 조각할래요
더 좋은 날 있을 거란 말 믿을게요
주위를 둘러봐요 답이 보일 테니
너를 위한 시인이 되어 줄게요
오늘 피는 꽃이 아름답듯이…

너의 향기

그대 문을 열고 나와 봐요
꽃들이 벌판을 삼키고 있네요
너울너울 사랑의 징검다리 놓으며
가냘픈 줄기에서 꽃은 피어나고

향기처럼 부드럽고 언덕처럼 편한
내 마음에도 어여쁘게 피었으니
그대의 가슴에 큰 그림으로 그리고
살랑이며 간지럽히는 꽃향기

너만 있으면 누가 뭐라 해도 좋은데
잊혀지지 않고 가슴에 남아 있는 건
아기처럼 달려와 품듯이 포용하며
당신은 어떤 향기를 갖고 있는지
그대 가슴에 한 아름 선물합니다

바람처럼

눈물이 널 찾지 않도록
한 줌의 먼지처럼 날아가려나
그대 한마디에 눈물 멎지 않아
바람결에 날려 보내며

아름다운 추억마저 사라져 버리고
아직도 가슴에 머물고 있다는 사실이
너를 그리워할수록 내 맘 더 아파
나의 기다림은 아직 끝나지 않았다

외로움을 누구에게 말하지 마
추억은 세월 속에 묻고 왔는데
마음을 따라가 붙잡고 보니
아직도 그대가 가슴에 머물고 있네
먼지처럼 날려야 했는데

여울목

네 마음을 모두 가졌다 해도
혼자 마음을 삼키려 해도
뜨거운 아픔 흘리지 않을 수 없고
그대 있기에 이겨 낼 수 있으니

빈 들녘의 빛 그림자처럼
내 곁에 올 그대를 위해
굽이치는 강물 속에서
내 눈물 솟아 강물을 물들이고

그토록 움츠렸던 날개
펼 수 없는 건 이유가 있듯이
만나면 웃어주며 말하고 싶어
너의 마음 내게 나누어 주면 안 되겠니?

둘만의 이야기

다시 올 수 없는 길을 걸어
힘들거나 아프더라도 멈춰선 안 돼
내 손 놓지 마 내겐 네가 전부라서
너의 사랑만큼 남았다고

작은 미소로 받아 줄 수 있는지
그리움을 부르는 나뭇잎에도
뽀얀 물안개 피어오르듯
숨어 버린 건 아닌지

끝을 알 수 없는 둘만의 이야기
널 향한 이 마음 멈출 수 없으니
핑크빛 사랑에 눈이 부셔라
그대를 위해 조금은 아껴두리라

버들피리

그대 오는 길목에다
내 마음속 담겨진 마음을
늘어진 버드나무 끝에 달아 놓을까
그네를 만들어 매달아 볼까
나비처럼 춤을 추는구나

바람 따라 흔들리다
그대 가슴에 닿으면
바람 따라 춤을 추겠지
잡으려 따라다니다 보면
그대가 날 잡을 수 있을까

같이 흔들려 보자
흔들리다 마주친 그곳에
그대 마음 내 마음 함께 모으고
흔들리는 그 끝에서 만나자꾸나
버들피리 불어달라 보채는구나

꽃과 인연

한 송이 꽃이 피어 있네
너는 내 마음에 앉아 버렸구나
나를 보라 눈을 감고 피어 있었네
떠다니던 인연이란 그런 것

백조가 호숫가를 지나는 시간
나의 마음을 잡아 버렸구나
꽃은 어둠의 명상에서 피어나고
질긴 인연의 줄기로 이어지는구나

사랑의 의미로 다가서면
인연이란 이름으로 묶여 지는 것을
황홀해지는 저녁 사랑하는 마음엔
알 수 없는 억겁의 연을 따라
아름다운 꿈이 간직되고 있네

눈과 내 마음

꽃을 피우는 흰 눈이여
슬픔을 뿌린 건 아닌지
찬바람 불어와 눈꽃 흩날리니
절망을 뿌린 건 아닌지

흰 눈이 내 가슴으로 내린다
사랑도 얼어버렸다
흰 눈꽃이 바람처럼 흩날린다
미움을 뿌린 건 아닌지

아름답고 귀한 눈꽃으로 날린다
또다시 펄펄 내린다
힘들었던 세월 모두 잊으라 하며
고운 눈송이 눈꽃으로 흩날리는구나

돌아올 수 없는 길

다시 올 수 없는 길을 걸어
내 삶은 태양의 울림에 빠져 버리고
설레며 사뿐히 걷던 이 길은
돌아보니 너는 없고 마음이 얼어 버렸다

내가 나를 용서할 시간도
가슴에 묻은 사랑 때문에 아파해도
달라질 거도 없고 나아질 거도 없는데
바람만 차갑게 가슴만 스치우네

너를 그리워할수록 나는 더 아파
성난 파도에 사라진 모래성처럼
여린 가슴에 상처가 지워지기를
그곳에 내 마음 두고 왔으니
가던 길 멈추고 바라만 봅니다

봄이 와요

창틈으로 스며드는 봄 햇살
뽀얀 햇살 꽃잎에 내릴 때
풀피리 불고 불어서 길 위에 올리고
푸념과 공상을 바람에 날려 보낸다

고운 인연 앞에 순수한 꽃잎처럼 마음 열린
그리움이 나에게 뚜벅뚜벅 걸어온다
머뭇거릴 시간도 가슴 울릴 시간도 없이
흰 구름 타고 뽀얗게 피어오르네

봄바람 불거든 숨어서 오렴
가만히 목소리를 가다듬고 오렴
이름 없는 들판에서 들꽃으로 오렴
그리워지는 내 마음 비워낼 수 있을까

봄 길

먼 길 오신 벗님 봄 마중 갑니다
나비 날갯짓 따라 웃음꽃 피우며
대지의 깊은 곳까지 봄꽃이 만발하니
아지랑이처럼 아롱거려 꿈만 같구나

대지의 깊은 곳까지 봄꽃이 만발하니
불러도 보고 그리워도 하고
다소곳이 젖어 들어 빼앗겼던 마음
살짝 디디며 살포시 닿으며

봄을 반기는 어린 새들도
봄꽃처럼 조심스레 웃고
너를 그리워할수록 더 아파
하얗게 밀려오는 쓸쓸함 잠시 접어두고
봄 향기 맞이하는 하룻길 걷는다

정화

어지러운 내 삶에 비가 내린다
마음속에 끼인 삶의 먼지도
못 잊고 가슴에 묻어야 할 일들도
깨끗하게 씻어 주렴

고요한 인생길 숙연히 포용하며
삶의 번뇌를 시원하게 씻어 주렴
가슴에 가득 남겨지도록 내려라
우두득 우두득 부딪치며 내려라

외롭거나 슬프지 않아도 될 만큼
차마 소리 내지 못한다 할지라도
가슴으로 짧은 여정 가려 하니
그냥 담기엔 내 마음이 좁구나

빗소리

빗소리는 당신이 되어
내 마음을 두들겨대고
바람 소리는 내가 되어
빗물이 내 눈을 적셔도 좋다

툭툭 소리 내며 창문을 두드리고
기다림의 시간은 오는 길도 가로막고
당신의 빗방울은
외로움을 잊으라 흘러내리고

내 마음 전해 주는 나의 바람은
가슴을 따라 빗물이 흐르고
빗물에 젖어버린 두 볼을 감추지 않아도
빗소리는 외로운 내가 되어

당신은 비가 되고
나는 바람 되어

눈가에 작은 구슬이 되어
마음의 문을 활짝 열고 안기고 싶어요

동그라미 달

하루의 일과가
노을빛 너머로 찾아오면
내 마음에 어둠이 찾아온다
저 달이 동그란 모습으로
구름 속을 떠돌고 있다

내 가슴을 너에게 살짝 기대어 본다
내가 달을 바라보고 있는 곳에서
너를 보고 있는 곳까지 떠밀어
더 슬퍼 보이는 그곳을 비추어 줄 때
저 달이 내 마음을 알아주는 거 같아

달에게 가슴을 기대어 본다
동그라미 달아
네가 보고 싶어 애태우는 곳에
네 가고 싶은 곳 찾아서
바람 타고 데려다줄래

구름 타고 데려다줄래

고맙소

오래전부터 가슴에 품었던 모든 일 들을
말없이 지켜보는 눈과 따뜻한 목소리
울림조차 다정하게 감싸며
진정으로 잡아주는 손

하늘의 별처럼 땅 위의 꽃처럼
사랑하는 마음 함께 느끼고
아프면 아픈 대로 말없이 지켜 주던
고마운 당신이 있기에 좋아요

한 걸음 더 가까이 다가가
물소리 바람 소리 가슴에 담으며
자고 나면 하나씩 사라져 가더라도
그대에게 기대어 살고 싶어요

제3부

아침이슬

밤새 사연을 담고 담아
모으고 또 모으고
잎새 끝에 달려 있구나
맺혀 있는 방울마다 사연이 있으니
가벼이 흔들지 마라

방울방울 마다 만지면 없어질까
조심스러워 건드릴 수 없고
스쳐 가는 바람에 떨어질까
흔들림에 떨어질까
애타게 바라만 본다

모든 생물이 너의 한 방울만 바라보니
그 끝에 달려 있음 좋겠다
태양이 떠오르기 전까지라도
나의 설렘 속에서 사라지지 말고
영롱함을 간직해라

꽃이 피는 날

내 안에 봄이 들어와 있어
언제나 따뜻한 행복이 머물고
부르면 꽃잎 되어 다가오는
그대의 얼굴이 보여요

들판에 떠돌던 바람 따라
아무리 꽃이 피고 지더라도
어느새 사랑의 꽃은 피고 있어요
사랑이 머무는 곳에 난 언제나

고독함과 외로움이 마음에 그려져서
그대의 꽃으로 피어납니다
만약에 그대가 없더라도
변하지 않고 늘 한 곳만 바라보며

내 마음은 그대 향한 시선에서
아름다운 꽃이 될래요

내 안의 그대가 연민의 정으로 다가올 때
꽃잎 가득한 사랑이 찾아왔네요

숨겨진 마음

아픔마저 숨겨온 내 맘을 아는지
마음이 사라지는 건 힘든데
내 아픔이 널 기억해
느려도 좋으니 오는 중이었음 좋겠다

잊지 못해 돌리고 싶지 않아
시간 흘러 나 혼자 외로워하면 뭐 해
부서지기도 했던 마음속에
잊으려는 마음도 난 서글퍼

두 손 감싸고 밀쳐내고 싶은데
그건 너의 얼굴이 소리치는 거 같아
시간을 뒤 돌리고 싶은데
네가 아파하는 모습만 보여

사랑은 슬프기만 한 줄 알았어
언제쯤이면 잊으려는 마음을

내가 놓아 버릴 수 있을까
사랑의 둥지 속에서 잊을 수 있을까
바람이 부는 대로 따라가면 되려나

인연

타오르는 노을이 아물어지듯
당신과 그 실낱같은 인연의 끈을
가만히 붙잡은 채 수많은 날 들을
빗물에 흐르고 눈물에 맺혀도
놓아 버리면 아플까 봐
놓아 버리면 눈물을 흘리지 못할까 봐

늘 익숙함에 행복했어요
혹 잠결에 그대와의 끈을 놓아 버릴까
이제 습관처럼 당신 손을 잡는데
나 그렇게 당신을 기다리고
당신 손을 잡고 콧노래 흥얼대며
당신 곁으로 가는 그날까지

언제쯤 이 실낱같은 인연의 끈을
놓아 버릴 수 있을지
난 그 끈을 따라서 정처 없이 걸을게요

꽃잎에 흐르는 바람이 되고
저편 그리움 남겨진 마음을
인연의 실 한 가닥 붙잡고 걸어서
기다린 나에게 주어요

너의 비가 내린다

갈길 잊어버린 구름이 몰려와
그늘진 마음을 알기나 한 듯
후드득후드득 빈 가슴을 때린다
무척이나 기다렸나 보다
기억 속으로 사라진 추억을 담으려

한 귀퉁이에 남아 있는 생각조차
사라질 듯한 상처가 툭툭
그대라는 꽃이 사라져 버림은
갈길 조차 헤매고 방향마저 잊어버린 생각을
씻어버리듯 녹여버리듯 내린다

떠나지 않고 아픔이 남겨진 길을 따라
눈물방울 비바람 끝에 한 아름 안고 간다
내가 놓아버리고 가슴 아파하면서
그대 떠난 이별의 순간을 잊지 않으려
나 너 따라 꽃 한 아름 안고 가려니

그곳은 마음 따뜻한 곳인지요

아픈 기억

꽃잎이 서로를 감싸듯
봄이면 떠오르는 지난 추억은
봄 햇살에 잊혀가고
내 마음이 숨어버렸네

그로 인해 또다시 깊어지는 그리움
안타까운 게 사랑이라
따스함과 사랑이 더욱 필요해
잠시 멈추어서 기다려보자

아픈 기억에서 벗어나지 못해
상처가 툭툭 올라오고
안타까운 것이 사랑이려니 달래기 힘들어
아픈 기억에서 머물도록 내 마음 전하려니

초록의 풋풋한 향기가 코끝을 스치면
투명한 햇살처럼 밝은 날이 반기니

상처받은 영혼을 가여워하며
나만 놓아 버리면 그것들과
이별할 수 있으니…

단풍잎

가슴에 담아 봐
보이는 게 뭐니

머리에 담아 봐
생각나는 게 뭐니

이 잎들을 모아 모아
너에게 주려 하니

커피잔 속의 하트처럼
그 위에 널 살짝 놓아 볼까

내 가슴을 봐
이 애들로 가득 모아놨어

붉게 물든 네 위에
발자국을 남기고 있어
사각사각

치유

오늘이 싫어 내일을 바꾸어 보아도
내 인생의 최고의 날은 오지 않았고
지친 상처가 아물기 전까지는
내 마음의 별조차 보이지 않았다

끝까지 가 보려 한다
내 마음에 빛나는 별을 찾아가려니
추위를 이기고 피어나는 꽃심을 보듯이
아직 남아 있는 아름다움을 찾아볼게

따스하게 품에 안길 사람 찾아
눈부시게 아름다운 기억을 더듬어
소박한 행복으로 채워지길 바라며
신선함에 자라 나는 덜 아픈 사랑이길

갈대

이슬 한 방울을 견디지 못할 거 같은
그대의 여림은 어디로 갔는지
가슴에 묻어 놓아도 싱글벙글 웃으며

작은 바람에 춤추고
그렇게 흔들리는구나
가냘픈 너는 무얼 찾아 흔들리는지
같이 걸어줄 친구가 필요한 건지

너와 내가 같이 흔들려 버린 건지
내 맘 외로울 때 같이 놀자 하는구나
내 마음 추울 때 같이 놀자 하는구나
그리워 찾았던 그 자리에 서서

순간순간 지워졌던 순간들을
너로 인해 같이 춤춘다
하늘하늘거리다 돌아올 때

좋은 소식 담고 담아 나에게 주렴

동그라미 이슬

아침이슬 한 방울이 매달려 있다가
떨어지는 소리가 귓가에 속삭임이었네

너의 영롱한 한 방울이
잔잔한 마음에 파장을 주는구나

물방울 속에 비친
네 모습을 찾으려 했지만
쓸쓸히 매달려 가지 위를 춤추던
너의 한 방울이 나의 모습을 지워 버리는구나

아~~~
아니었네
네가 동그라미 되어
이맘 전해 주고 싶은 거란 걸

흐르는 강물엔

네 모습 새길 수 없어
네 모습 볼 수가 없어
어쩔 수 없이 떨어질 거면
너의 한 방울에 담아 주렴

그림자

내 발길 머무는 곳에
그대 그림자가 있었네
뒤돌아 밟아보려 하지만
내 그늘에 가려져 밟을 수가 없구나

모양을 바꾸려 해도
내 모습을 만들려 해도
오직 내 마음의 그림자만 있었네
내 그림자에 사랑을 만들려 애쓰지만

내 안에 숨어 내 모습뿐
날 보라 하지 말고 나와보렴
나 대신 너의 그림자로 날 만들어 주렴
내 맘과 똑같은 모습으로

가을빛

가랑잎이 창공에 매달려 있다가
수줍은 햇살을 바라보며
혼절할 듯 떨어진다

한 폭의 수채화 빛으로 휘감고
어디선가 부르는 소리가 없음에도
머나먼 곳에서 부르는 소리 없어도

이별을 하기 위함인지
떨어진 가을 낙엽에 내 마음 허물어 질까
정해진 신호등처럼 바뀌고 있지만

감출 수 없고 숨길 수 없는 그대의 모습을
가슴에 가득가득 널 담으려 한다
서로 꿈길 수 놓은 곳으로
붉게 물든 내 맘 누구라도 담아주고 싶네

달

어둠이 내리고
바라던 네가 살포시 올라온다
오늘 하루가 힘들고 피곤해도
내 맘 알 수 있는 네가 있기에
언제나 넉넉한 마음으로 바라본다
너 가 있기에 행복할 수 있다

오로지 너만 나에게 줄 수 있어
난 너의 그림자가 되고 싶어
한발 한발 너에게 향한다
내 그리운 이를 멀리 있어도 비출 수 있잖아
너를 벗 삼아 그대에게 가련다
네가 기울기 전에

그리운 밤

몇 시인 줄 모르고
시간은 그렇게 멀어져 간다
포근한 달빛을 마시며 작은 불이 되어
나의 가슴으로
와 주었으면 좋으련만

밤은 이렇게 좋은데
잠시 머무는 것뿐인데
어디선가 네가 나타날 것 같은데
내 마음대로 날고 싶은 밤은
자유로운 영혼인 것이기에

날 찾아오라고 손 발짓 안 해도
그대 웃음 있는 정원에
내 마음 언제라도 줄 수 있어
그리움 또한 줄 수 없음에 마음 아파도
널 그릴 수 있는 이 밤이 난 좋다

그 자리

선선한 바람이 내 가슴에 불 때면
빨갛게 물든 너를 타고
너울~ 너울~
너와 있던 자리로 추억 한 줌 생각나 날아가고파
잘 지내는지 모르는 날이 많아지고

사랑도 그리움도 희미해져 사라질 만도 한데
지우지 못하고 그늘진 내 모습만
어둠 속으로 밀치지만 말아 줘
추억은 달빛에 담아 보내줄게

지금 내 맘 지우지 못함은
너와 있던 그리운 그곳에
그리움만 남아있는 거 같아서
너울~ 너울~
너와 머문 그 자리를 찾아
어디엔가 있을 널 찾아서 그 자리로 향한다

가을의 흔적

가을은 바람을 타고

갈색빛으로 다가와

쓸쓸한 가슴에 슬며시

흔적을 남기려 하고

거부할 수 없는 이내 마음은

먼 하늘 보고 서성이며

무엇이 그리워 갈망하는지

낙엽은 말없이 뒹구는구나

우리 같이 가요

날개 되어 그대가 날아온 날
난 돌이 되어 굳어 버렸네요
그대 가슴에 네가 날아간 날
한발 한발 설렘으로…

내 가슴을 봐요 뛰는 가슴을 담아
큐피드 화살을 안고 날아갔네요
그 오랜 세월 날 위해 기다려 준 당신께
이 순간을 가슴에 담으렵니다

꽃봉오리에 앉아 준 당신 때문에
나 이제 당신과 동행합니다
따뜻한 숨결도 이제 당신 가슴으로 들어갑니다
맞잡은 손끝의 따스함으로 우리 그렇게 갑시다

서로 싸우며 부딪치며 살아도
그것도 사랑이라며 감싸안고 살아 봐요

서로가 줄 수 있는 사랑이라는 믿음으로
이 행복이 깨지지 않도록 우리 그렇게 삽시다
서로의 따스함을 주고받으며…

한 발 한 발 내디뎌 봅시다
서로 지치고 힘들어도 삶의 일부라
생각하고 우리 웃어요
나 이제 당신과 동행합니다

우리 사랑으로 시작합니다

들꽃처럼

하루를 살지 백 년을 살지
모르는 삶 속에
불꽃처럼 피었다
흔적 없이 사라질
익숙함이 품을 수 있기에

그래 뭐라도 한번 피어 봐
너라도 끌어안고
마음의 평정 찾아보려니
견디지 못할 만큼
미련 없이 너에게 빠져든다
꽃 물든 나의 가슴에 상처를 주지 마라

너만 바라보는 나
예쁘고 소중해
나로 인해 피어라
길에서 핀 꽃이지만 내 친구

잡초처럼 피어난 네 이름 들꽃

하루

내가 싫어도 온다
눈부시게 아름다운 날이 온다
보일 듯 보이지 않는 안개를 보며
저 산 위에 내 마음 올려놓고

아침 햇살에 수놓아 보렵니다
내 마음의 뜨락에 조금씩 조금씩
설렘과 기쁨 모아다가
이쁘게 그릴 수 있게 수놓아 보렵니다

사라진 뒷모습조차
행복으로 바꾸려 하니
지치기 쉬운 하루지만
마음속 주문을 걸어 보려구요
마음의 문을 열어 놓고
한 아름 담으려 해요
주인공인 나를 믿으며

꽃이 지면

아름다운 아침이 있기에
그렇게 예쁘게 열리나 보다
마음도 해를 쫓아 날아보니
네 마음대로 피고 지는구나

너희들에게도 사연은 있겠지만
그 사연을 나에게 알려 주렴
그 아기자기한 사연들은 가슴에 담을게
못다 한 이야기 되새김하듯

내 가슴에 노크하지 마라
꽃이 지고 나면 그리움만 남듯
나에게 너는 아픔이야
조금 남기고 가렴
내 빈자리에 너의 모습 채울 때까지

꽃이 가는 길

천사가 꽃 되어 우리 곁에 온 날
세상을 적셔준 네 향기는
뜨거운 열정을 나누어 주어
예쁜 웃음꽃으로 나누어 주었기에
나의 빈자리에 물들어 버렸네
그 꽃들이 일찍 핀다 하여 나무라지 마요

난 빗줄기 내가 미워
서러우니 그냥 지나가렴
꽃이 떨어지면 슬퍼져
내 곁에 있는 것들이 꽃들이니
그냥 이 길을 지나가렴

심한 바람이 나는 두려워
그냥 지나가면 좋겠다
꽃이 떨어짐 나는 외로워
때로는 아프기도 하지만

밝은 태양 맑은 하늘 아래서
꽃씨를 남길 때까지라도

가을 보내며

쓸쓸한 추억의 한 장면을
남기고 싶어 붙잡고 싶지만
예쁜 앨범을 만들어 주려만 하네
내 사랑이 부족해지려 하는지
조금만 더 채워 주길 바랐는데
어쩔 수 없이 보내게 되는구나

손을 뻗어 닿을 수 있는 곳에서
잠시라도 나의 곁에 있음 좋겠다
흔적 없이 사라지지 말고
오선지 위에 그려 놓으려 하니
바람에 실려 가듯 그렇게 가지 마라
불꽃 향연에 즐김도 잠시

마음 조이며 널 맞은 것처럼
보이는 길 따라 가거라
설렘도 가져가라

바람에 실려 보내듯
그렇게 보내야겠다

제4부

별

반짝반짝 빛난다
내 눈엔 뭐로 보이는지 아니?
너와 똑같은 마음인 거

순수한 너의 빛들이 모여 모여
내 마음을 따뜻하게 해 주는 거
그래그래 나랑 똑같은 거지

내 눈엔 무지개색이 다 있는데
남이 안 보인다 해도
내 눈엔 다 있어

난 오늘도
내 가슴에 남은 사랑으로 별을 본다
하나 둘 셋 품고 품어 눈에 담으련다
긴 시간이 지나도
너의 가슴에 남겨지길 바라며

새들처럼 떠나고 싶다

굽이치는 강물 속에 모든 걸 던져 버리고
세월이 나를 무심코 데려갔네
바람 부는 소리에 그대 모습 떠오를 때면
그대 얼굴이 눈 속에 출렁입니다

조금 슬프지만 이별을 사랑하고
아주 조금씩 잊혀지는 인연이라면
다가갈 수 없는 곳에서 손짓한들
남겨진 그리움 세월 속에 묻히고

대지가 식어 아침이슬이 맺히듯
외로운 상처를 지닌 누군가를 만나
가다가 지쳐서 주저앉은 곳에
버리고 떠나는 새들처럼 떠나고 싶다

너인 걸 어떡해

오랫동안 달빛 그리움 머금고
어두운 시간이 힘들고 외로웠어
상처받은 모든 마음 씻어낼 수 있게
내 마음의 창고에 너를 두고 싶다

혼자가 아니라 견딜 수 있는 마음이 있고
행여나 기다려 줄까 뒤돌아 보고
가슴이 뭉클해지는 그리운 마음 밭에
바보같이 보여도 너만 보이는 것을

꽃의 향기는 바람결에 흩어지지만
내 마음의 향기는 이미 너에게 있는걸
너의 아름다운 모습은 내 마음의 꽃
그래서 내 가슴에는 너인 걸 어떡해

널 잡고 싶지만

바람 가르고 달리는 세월처럼
먼 길 돌아 찾아온 너희들이
내 옆에 있어 주어 행복했다
내 맘속 가득 채워준 모습들
진정한 모습은 감춰 버렸고

난 네가 왜 그리 예쁜지 몰랐어
내 앞에서 웃어 주니 고마웠지
내 마음속에 그려 준 네 모습
진정한 모습은 이제 감추고
난 이제 꺼내 놓으려 해

너의 존재감은 사라지고
실바람에도 위태로운 모습에
바라보는 이맘 속 탄다고
실이라도 꿰매 주었음 좋으련만
그저 덜 아픈 사랑이길 바라며

갈대는 바람 부는 대로
오는 이 반갑고 가는 이 잘 가라고
이리저리 흔들고 있고
나는 너에게 작별을 고한다

나의 사람이었기를

맑은 하늘에 주렁주렁 달린 구름 들
커피 한 잔의 여유로운 하루였으면
나의 시간도 그들의 틈바구니 속에서
하루에 한 번쯤 그대를 생각하다가

넓은 바다에 혼자 남은 기분이 들어서
붉게 타는 노을 속에 나를 태우려 하니
꽃보다 더 진한 향기를 모아 모아
당신 가슴속에 흔적을 남겨 주려 합니다

눈감으면 가슴으로 안기는 내 마음
다시 두근거림을 수혈받고 싶어
만날 수 있음에 기다림이 행복인 것을
너에게만이라도 나의 사람이었기를

내 마음의 탑

은빛 창문에 노을이 부르면
세월이 무심코 날 데려간다
그리움 하나 자아내는 석양 앞에서
묻어두었던 마음에 물결이 출렁이고

가슴속에서 별 하나 품은 듯
나의 두 눈에 너의 사랑이 그리워
다시 두근거림을 수혈받고 싶어
목 길게 빼고 너를 기다린다

빛바랜 사진처럼 가슴에 묻어 둔
따뜻한 사랑이 있음에 감사하고
그리움에 혼자라는 생각이 들지 않게
무너지지 않은 나만의 탑을 쌓고 싶어요

그대 앞에 나

사랑은 나의 가장 소중한 보석
내 시선은 당신에게 멈춰 있어요
사랑이 손잡고 놀러 왔네요
너를 만나 내 마음이 포근한 걸 보면

귀 기울여 그대 사랑이 들려오면
내 가슴속에 그대를 담으려 해요
가슴속에 담는 것이 사랑입니다
나를 비우고 당신을 담으려 해요

사랑이 지나서 그대 그리워지기 전에
사랑의 그리움이 가장 아름다울 때
내 사랑이 그대 가슴속에 있는 것은
내 사랑이 그냥 거기 있기 때문입니다

봄은 세상을 만들고

단비를 뿌려 숲을 그려 넣고
바람 따라 찾아온 너의 향기
그 향기에 취해 창문을 열어요

그립고 보고 싶은 화사한 봄님이여
새록새록 늦잠 자던 꽃들이 깨어나
네 몸짓하나에 내 마음에 꽃이 핀다

정겨운 포근함에 봄 향이 밴 듯
입술이 말하는 소리에 가슴이 뜨거워진다
너를 안아 줄 수 있는 향기이고 싶다

꽃들이 준 길

언제쯤 틔울까요 꽃들의 예쁜 미소
간드러지게 뒤따라온 게 너였니
내일이면 들릴까요 새싹들의 속삭임

가랑비 가랑가랑 꽃가지에 내리고
코끝을 툭툭 두드리며 향기를 뿜고
이슬 맺힌 풀잎 사랑으로 다가온다

연둣빛 닮은 봄 향기를 넣어 볼까
그대 가슴에 향기로 찾아갈까
행복의 꽃씨를 내 가슴에 뿌려야겠다
그대가 날 찾아오게

사랑 채우기

조각달이 노닐다 지나간 강물 위에
별들이 쏟아져 파도를 탄다
새벽이슬 맞으며 부르는 새들의 노래처럼

산책길에 꽃물결 넘나드는 설레임
애교를 담뿍 띤 미소가 생글거린다
두 팔 벌려 나에게 안겨 주는 행복

서로의 가슴에 꽃이 되고 별이 되고
소리 내어 너에게 살포시 말할게
아픈 기억은 지우고 사랑만 채우자고

세월이 가네

창가에 내리는 빗소리가 그리움이라면
더 이상 되돌릴 수 없는 순간순간들
다가갈 수 없는 곳에서 손짓한들

행여나 기다려 줄까 뒤돌아 보고
고단한 육체를 지고 가야 하는 내 마음
그 사랑에 아픈 가슴 담아야 했던 마음

세상의 시간이 멈추는 마지막 길에서
볼 수 없고 잊을 수 없는 나의 그림자처럼
물보라 되어 세월을 삼키며 흐르네

나와 비

나를 비우고 비워진 가슴에
마음에 내리는 비는 예고도 없네
참아온 눈물 쏟고 싶구나

추억 속으로 널 떠나보낸 후
내 가슴에 내린 비 어찌할까
상처투성이 아픔으로 저물어 가고

누구나 겪는 과정일 뿐인데
메마르던 마음에 물이 고인 걸 보면
허수아비처럼 텅 빈 가슴만 남아 있네

고독한 사랑

지워지지 않은 그림자 하나
기쁜 일 좋은 일 쟁반에 담아
당신 가슴속에 깊이 묻혀

가슴에 담아가고 싶은 사람
내 시선이 당신에게 멈춰 있어요
가슴에 묻어 둔 영혼의 이름 석 자

가슴속으로 채워 둔 따뜻함
그 따스한 손길 어루만지지 못해
내 사랑은 시리도록 고독한 걸까

가슴속으로

무심히 바람 지나는 찬가지 끝에
긴긴밤 달빛 품은 찬 이슬 맞으며
시린 마음 한 자락 실어 보내며
날 알아주듯 눈이 되어 내려요

나뭇가지에 얹히지도 못한 눈들이
애달픈 듯 겨울을 덮을 것처럼 내리고
솜사탕 같아 깨물고 싶은 눈으로
차가운 밤하늘과 세상을 얼리고 있네요

겨울 중간쯤 당신의 낯선 손님이 되어
하얀 눈길 심장의 뜨거움으로 달려가
그대 가슴을 헤집고 들어가고 싶어요
다행이다 헤집고 들어갈 따뜻한 품이 있으니

아픔

가슴안에 담을 수 있었던 날들은
별을 보는 거리만큼 멀리 있기에
세상 속에 홀로인 것처럼 외롭고
버릴 수 없는 것이 그대의 기억이기에

인연의 끈을 움켜쥐고 왔던 길
잠깐인데 내 곁에 머물렀다 가고
이젠 그리움으로 자리를 내어주었네
한 설움 덕지덕지 주름살에 고였다

애잔한 사랑도 아픔으로 지나고 나면
차마 꺼내지 못한 그리움 있겠지
채워진 술 한잔에 내 마음을 마시는 동안에
애틋한 그리움에 가슴이 뜨거워진다

사랑이 묻혀 갈 때

눈을 감으면 돌아선 그대가 보일까
지난날 네가 내게 준 사랑만큼
한 번만 더 그 시간을 돌릴 수 있다면
못 이기는 척이라도 했어야 했는데

아픈 마음 상처 되어 지쳐버리고
당신의 마음 다 채워 줄 수 없었기에
슬픈 비 되어 내 가슴에 내리네
무심한 듯 그렇게 소리 없이 내리네

세상이 홀로인 것처럼 외로울 때
바람 불어 흩어져 나를 떠나 버렸고
가슴을 울렸던 사랑조차 묻혀 버리고
다시는 찾지 못할 곳에 감추었나
세월 실은 시냇물 속절없이 흐르네

참 좋은 사람

창문 열면 미소 짓는 바람이 있어 좋다
당신에게 마음의 꽃 한 송이를 보냅니다
싱그러운 꽃내음을 꽉꽉 채워서 보낼 테니
우리만의 정원에 정성껏 뿌려보아요

정겨운 돌담길 꽃눈이 내려앉겠죠
꽃들이 나의 가슴을 채워 주고파
잊지 말라고 함께 찾아오는가 봅니다
늘 그립다는 걸 아는지 모르는지

가슴 저 밑에 당신의 울림이 내게 와
오늘도 웃음꽃 사랑 꽃 피어나나 봐요
꽃내음에 젖어 든 보드라운 숨결처럼
커피 향 같은 당신이 있어 난 좋아요

비

창문 사이로 바람이 들어온다
하늘에 먹구름이 잔뜩 몰려온다
하늘이 젖었으니 곧 떨어지겠지

조금씩 조금씩 땅이 젖고 있다
얌전히 놓여 있는 우산을 들고
방황의 발걸음을 옮기고 있다

네가 오는 길목을 따라 한 걸음 한 걸음
그렇게 방향 없이 네가 원하는 곳으로
내 마음을 열어 주고 있으니

너와의 동행길 촉촉이 적셔 주렴
네가 원하는 대로 동행해 줄 테니
방향 잊어 버린 내 가슴까지 적셔 주렴

삶

바람을 느낄 때 인생의 삶도
같이 도는 게 아닌가
좋아하는 사람과 여행이 아름다운 건
햇살 열리기 전의 새소리 울음소리에
빛이 떨어져 나를 깨움이 아닌가

우리의 삶에 계절이 바뀌어도
새로운 꽃으로 피어나려면
나의 꽃을 많이많이 피워서
사람들 가슴에 기쁨을 줄 수 있는 중년

외로운 인생 그리움을 달래며 살 뿐
내 내면의 소리는 떨어지는 나뭇잎과 같은 것이
중년의 삶 아닐까 후회는 없겠지 하면서
설렘을 느끼고 사랑하며 살아온 인생 아닐까

살아온 세월의 무게에서 가면을 벗고

부끄러움도 잊고 버려야지
살면서 느낀 짐들도 모두 풀고
내 인생 내 삶이 바뀌었으면 좋으련만
이것이 중년의 바램인가

가로등

오늘도 나에게 다시 올 수 없는 어둠이 내린다
내 눈엔 한 줄기 빛이 들어온다
찾는 이 없고 알 수 없는 곳에서
어둠에 헤매지 말라며

마음이 시려 울까 날 품으라 하며
내 가슴에 따뜻하게 다가온다
모퉁이 한곳에 서서 온기를 누리라 하네
우리 이곳에서 잠시 쉬었다 가자

너의 불빛 아래서
두 손 꼭 잡고 내 마음 전하던 곳
사랑하는 모든 이들의 추억의 장소이기에
그대 마음에 향기가 되어 스며든다

너의 불빛 가슴에 가득 안고
아름다운 추억을 담고 담아

잊어 버렸던 나를 만나러
긴 여행을 떠나려 한다

눈 내린 날

하얀 눈 위에 그림을 그린다
눈 위에 하트 모양을 만들어
그 속에 빠져본다

하얀 눈 위에 발자국을 남긴다
아무도 밟지 않은 곳에
내 발자국으로 직인을 찍는다

가로등 불빛에 반짝거리는
보석들을 모아 모아서
내 마음에 소복이 쌓아 놓으련다

밤사이 시커멓게 타버린 내 마음을
하얗게 물들인 설원 위를
소리 없이 한발 두발 내딛고 있다

새날

아주 멀리 가라 했거늘
늘 그 자리에 있구나

시간을 멈추고 싶지만
그 시간들조차도 잡을 수 없구나

세상 어디에도 감출 수 없는
나의 향기마저 다람쥐 쳇바퀴 돌 듯

내 마음속에 있는 지난 추억을 간직하며
모든 것들을 다 버리려 하네

새날 새 시대를 열고 달려서
새벽 첫차 타고 주욱 달리려 하네

소울앤북 시선
나의 연가

초판 1쇄 발행 | 2024년 12월 12일

지은이 | 이봉섭
펴낸이 | 윤용철
펴낸곳 | 소울앤북
주　소 | 경기도 파주시 회동길 325-22, 3층
편집실 | 서울특별시 중구 을지로14길 8, 618호
전　화 | 02-2265-2950
등　록 | 2014년 3월 7일 제4006-2014-000088

ⓒ 이봉섭 2024

ISBN 979-11-91697-17-9 03810